Ulrike Nachlik

Deinetwegen
Meinetwegen

Cratos Verlag

Ulrike Nachlik wurde 1949 in Aarau/Schweiz geboren und lebt in Hamburg. Sie ist bildende Künstlerin, vorwiegend Malerin. In diesem Buch werden zum ersten Mal zusammen mit ihren Zeichnungen einige ihrer Gedichte veröffentlicht.

Bedanken möchte ich mich bei all meinen Freunden, die mich liebevoll und auch mit der nötigen Kritik unterstützt haben, vor allem aber bei meiner Familie, die mir durch Rücksichtnahme ein kreatives Leben ermöglicht.

Ulrike Nachlik
Hamburg, im Oktober 2001

Herstellung: Books on Demand GmbH

ISBN 3-8311-3575-4

Ulrike Nachlik

Deinetwegen

Meinetwegen

Gedichte

Inhalt

Mauern

Wenn du an Mauern stößt,
überwinde sie
und fühl dich stark.

Und wenn du an Grenzen kommst,
wirf alles weg,
was dich behindert.

Und wenn du Liebe spürst,
vergiß alles,
was je gesagt wurde.

Die gefundenen und die verlorenen drei Tage

Drei Tage - verloren, vergessen,
verkannt und verschlossen,
irgendwo draußen im Niemandsland.

Drei Tage - gefunden, genossen,
gelebt und geliebt,
gewusst, dass es dies Land nicht gibt.

Drei Tage - beharrlich belächelt
bewundernd beklagt und beiläufig bemerkt
die gefundenen verlorenen Tage.

Mal mir ein Bild

Komm, sagte er, küss mich mit geschlossenen Augen.
Geh, sagte ich, und küsste ihn mit offenen.
Mach weiter, sagte er und lächelte glücklich.
Hör auf, sagte ich und war zufrieden.
Liebe mich jetzt, sagte er und strahlte.
Später liebe ich, sagte ich versonnen.

Mal mir ein Bild ohne Wetter, sagte er.
Mal mir ein Wetter ohne Bild, sagte ich.

Schweigen

Schweigen.
Schweigen wir.
Schweigen wir lange.
Schweigen wir lange; verschweigen.
Schweigen wir lange; verschweigen, vergessen.
Schweigen wir lange; verschweigen, vergessen
die Liebe.
Schweigen wir lange; verschweigen, vergessen
die Liebe, vergeblich.
Schweigen wir lange; verschweigen, vergessen
die Liebe, vergeblich geschwiegen.
Schweigen.

Katzenjammer

Rück mir nicht auf die Pelle
und schlag keine große Welle.
Vergiß alles, auch das gesprochne Wort,
denn ich bin nicht dein Hort.

Hab nicht mehr die Geduld für Gedankenspiele,
und nicht mehr die Kraft für so viele Gefühle.
Bin alt und allein und wohne jetzt dort,
direkt nebenan, bei deinem neuen Hort.

Heute warst du da?

Gestern schien die Sonne und
gestern war es warm;
gestern war es Liebe,
gestern war ich da.

Heute wird es regnen und
heute wird's so nass;
heute wär's gemütlich,
heute warst du da?

Morgen wird es schneien und
morgen wird's schön weiß;
morgen ist ein neuer Tag,
morgen bin ich da!

Hymne

Sehnsucht, mein Schätzchen, verführte mich,
zu trinken auf dein Wohl,
denn, was wäre ich ohne dich:
geistreich vielleicht, genial und frivol?

Wissen

Ich ahnte es nicht,
hätte es nie geglaubt
und außer dir keiner gewußt.

Nun ahn ich es nicht nur,
sondern weiß es genau,
und du sprichst immer noch von Vertraun.

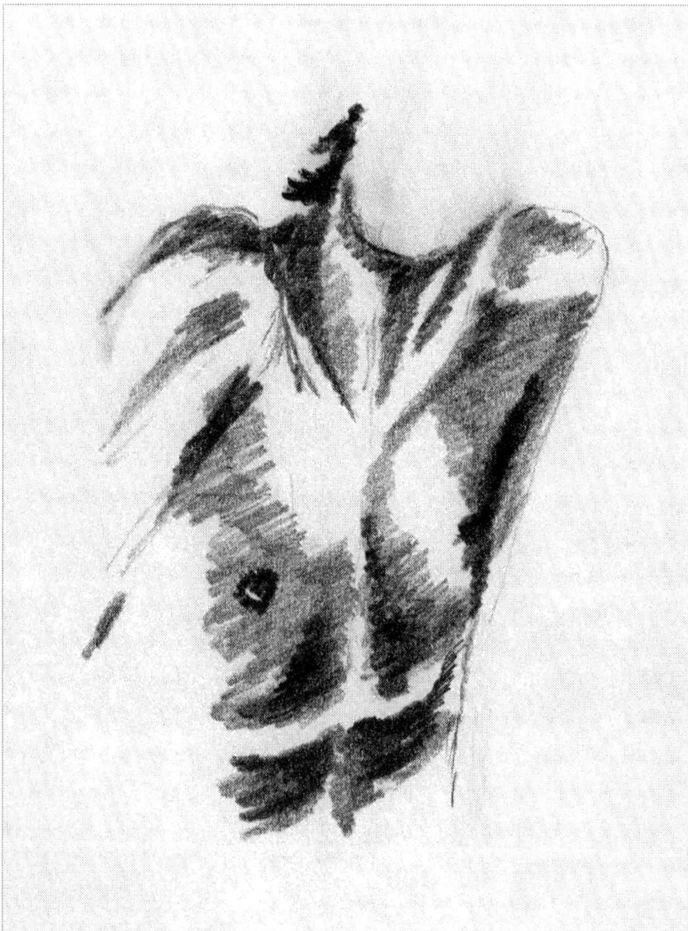

Vergessen

Ich hatte mir was vorgenommen
und war von dem Gedanken besessen.
Nun ist es ganz anders gekommen
und ich hab alles vergessen.

Gibt's nicht

Geht nicht, gibt's nicht.
Gibt's doch - und wie!

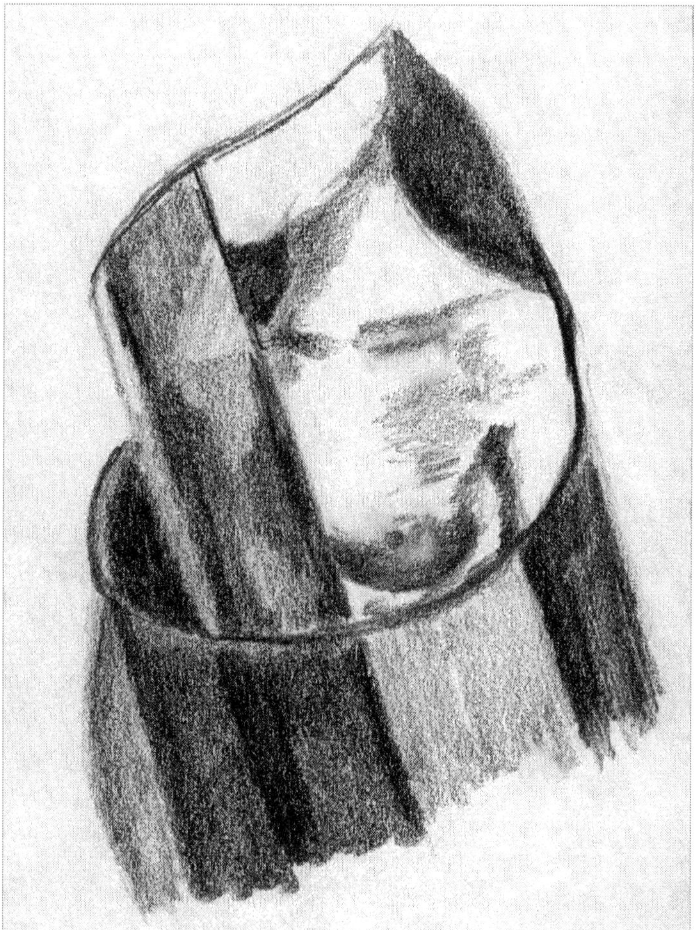

Hunger

Einen Kuß kann man nicht essen,
davon wird man auch nicht satt.
Aber dich, dich kann ich fressen,
dann bist du mein und wir sind patt.

Du ja sowieso

Wahrheit ist Lüge,
die Worte sind falsch,
die Gesten sind deutlich,
das Herz dabei kalt.

Und Lüge ist Wahrheit,
der Verstand sieht es so,
das Gefühl meint es anders,
und du ja sowieso.

Das Geschenk

Eingepackt in Liebe und Unvernunft
lege ich dir mein Geschenk zu Füßen.
Es ist leicht für dich,
vielleicht auch nicht
und sehr, sehr, sehr zerbrechlich.

Verschnürt mit einer roten Schleife,
liegt mein Geschenk vor dir.
Öffne es bitte
oder auch nicht
und denke, denke dabei an mich.

Der Frosch

Wie in jedem Sommer,
so auch in diesem Jahr
- der Frosch ist wieder da!

Ich sehe ihn nur sehr selten,
er versteckt sich doch vor mir
- schaut zu, was ich so treibe.

Begegnen wir uns doch,
so erschrecken wir beide
- und er hüpft quakend davon.

In diesem Jahr nun
hab ich ihn geküßt.
Was wohl aus ihm geworden ist?

Nichts los

Schließ die Augen, mein Herz, und träume,
während ich die Steine des Lebens wegräume,
dabei vergesse ich gestern und morgen,
nur heute, heute mache ich mir Sorgen.

Schlaf ein, mein Liebling, und glaube mir,
es ist alles in Ordnung hier,
meine Gedanken bewachen dich und die Welt
das ist doch, was für uns beide zählt.

Schlaf weiter, mein Schatz, es ist gar nichts los,
es sind meine Gedanken bloß,
die den Globus umkreisen,
auf langen, langen Reisen.

Warum lachst du nicht, Weib?

Meine liebe Frau, lach nicht so laut,
die Nachbarn könnten dich hören!
Die machen kaum Lärm, sie stinken bloß
nach ihren Parfüms und ich könnte schwören,
dein Lachen würde sie nur stören.

Mein geliebtes Weib, warum lachst du nicht,
hast du nichts mehr zu erzählen?
Du bist so ernst, so ruhig und still,
willst mich und dich doch nicht quälen?
Warum lachst du nicht, Weib, du kannst doch
jetzt wählen.

Das Tor

Inmitten meines Lebens ein geschlossenes Tor.
Ich sehe es plötzlich, stehe hilflos davor.
Es ragt in den Himmel, ist so hoch wie breit,
der Weg hindurch erscheint unmöglich weit.

Ich sehe es an, was kann ich nur machen,
klopfen, schreien oder lauthals lachen?
Das Tor soll sich öffnen, für mich, jetzt sofort,
damit ich hindurch kann, zum fremden Ort.

So klopfe ich, schreie und lache und weine;
Egal was ich mache, komm nicht ins Reine.
Es öffnet sich nicht, auch nicht einen Spalt,
werde langsam hysterisch und fühl mich recht alt.

So muß ich erkennen, der Sinn bleibt verborgen,
am besten ich vergeß es, vielleicht klappt's ja morgen.
Und doch bleib ich stehen, nun müde und leise,
bin gleichgültig, resigniere, auf meine Weise.

Will schnell gehen und schau ein letztes Mal hin,
trau meinen Augen nicht, fühl mich kleiner als ich bin:
Das Tor öffnet sich, ohne Laut, ohne Beben,
ich sehe hindurch - auf mein eigenes Leben.

Vier Worte

Vier Worte, sagtest du, reichten mir,
mein Leben zu gestalten.
Sie deckten alles von neulich bis hier
und wären auch gut zu verwalten.

„Sofort“ wäre das eine, meintest du auch,
denn ich könnte so schwer auf was warten.
Du bist es doch, der mir stets erklärt, daß Rauch
so unnötig sei wie meine schlechten Karten.

Und „immer“, das wäre ein weiteres dann,
wohl um Sicherheit zu fühlen.
Bei dir hört sich alles ganz anders an,
es ist nur Unverbindliches zu spüren.

„Ist halt so“ wäre noch nicht das letzte,
einzig da, mein Wissen zu ertragen.
Dabei warst du es, der die Messer wetzte
und keine Antwort gab auf all meine Fragen.

„Nie“ sei das vierte in dieser Runde,
ich bräuchte es wohl fürs Vergessen.
Aber du darfst wühlen in meiner Wunde,
scheinst unabsichtlich wild drauf versessen.

Diese vier Worte, du hattest so recht,
gehören zu meinem Leben.
Es ist das Muster in unserem Geflecht,
und weder mein noch dein Bestreben.

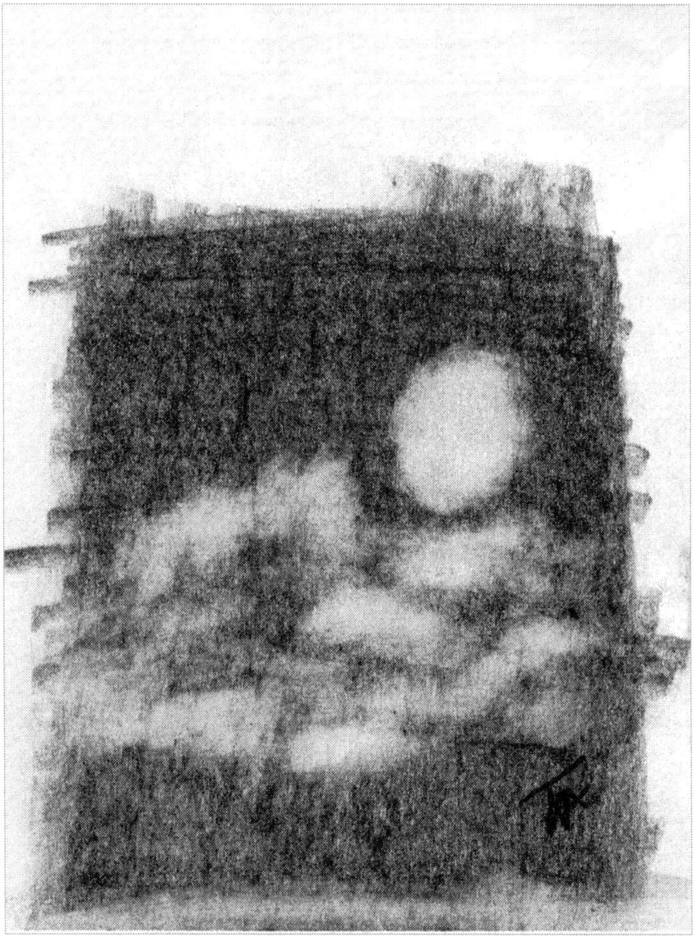

Regen

Es regnet, mein Liebling, oder auch nicht,
von hier aus ist das kaum zu erkennen.
Du magst mich, sagst du, und manchmal auch nicht,
die Gründe dafür sind schwer zu benennen.

Hörst du den Sonnenschein oder hörst du ihn nicht?
Es ist egal, was wir uns erzählen.
Ich mag dich, weißt du, und manchmal auch nicht,
das ist für mich kaum zu erklären.

Fühlst du die Wolken oder fühlst du noch mehr?
Ich hoffe es, wünsche und träum es.
Ich liebe dich nämlich, und manchmal noch mehr,
denke und hab Angst, ich versäum es.

Das Mißverständnis

Herr Jensen sitzt auf dem Sofa
und Frau Jensen ganz still ebenda.
Dazwischen ist ein Abstand von einem Meter
Die Stimmung ist friedlich, es gibt kein Gezeter.

Herr Jensen sieht ein Fußballspiel
und Frau Jensen denkt an sehr viel,
an früher, ganz früher und an uralte Zeiten.
Sie denkt an die Liebe und auch ein bißchen weiter.

Herr Jensen denkt nichts, er sieht nur fern
und Frau Jensen merkt plötzlich, sie hat ihn noch gern.
Sie wird unruhig, ihre Hand fällt vom Schoß
mit der bangen Frage: Was mache ich da bloß?

Herr Jensen wird nervös, das Spiel scheint verloren
und Frau Jensen hat sich jetzt was geschworen,
ganz langsam schiebt sie die Hand Richtung Bein
und überlegt: was könnte seine Reaktion wohl sein?

Herr Jensen zittert nun am ganzen Leib
und Frau Jensen wird mutiger, jetzt ganz Weib.
Sie wagt sich noch ein bißchen weiter vor
Doch er schreit zufrieden nur: Tor, Tor, Tor.

Ich hab nicht aufgeräumt

Ich hab nicht aufgeräumt, hab alles liegen lassen,
die vertrockneten Rosen, die schmutzigen Tassen,
die halbvollen Gläser mit Wein und Sekt,
das Sofa, der Fußboden, alles befleckt.

Auf dem Tisch brannten noch die roten Kerzen,
die, die aussehen wie verkorkste Herzen,
ein Wasserhahn tröpfelte stetig dahin,
bin weggelaufen, einfach irgendwo hin.

Wie sich doch Dinge und Leben gleichen,
man kann weder dem einen noch anderen entweichen.
Ich hab halt nicht nachgedacht und vieles versäumt,
hab alles liegen lassen und nichts aufgeräumt.

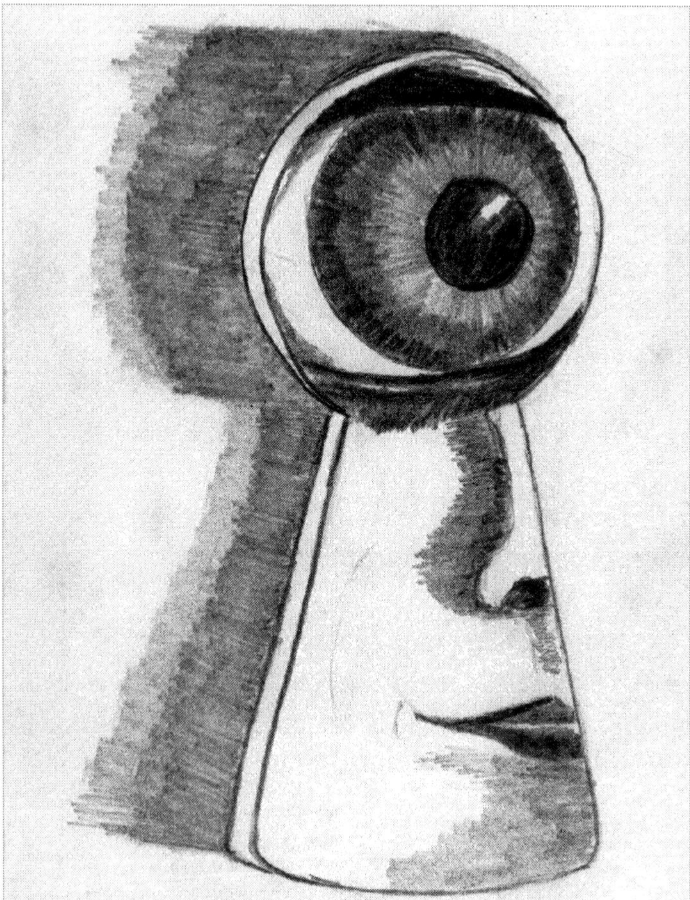

Theater

Der Vorhang geht auf und wir spielen ein Spiel,
wahrscheinlich das Spiel unseres Lebens.
Du spielst den Menschen, ich rede nicht viel,
sie spielt die andere und wähnt sich am Ziel.

Keiner von uns hat das Drehbuch geschrieben
und keine Souffleuse flüstert uns vor.
Du bist dir selbst auch nicht treu geblieben
und sie rechnet aus, was ihr wohl verblieben.

Es ist nur ein Spiel auf einer kleinen Bühne
und jeder spielt das, was er kann.
Du bist der Große, der Dunkle, der Hüne
Und sie die Fremde, die Starke und Kühne.

Ich mag diese Art von Theater nicht spüren,
die Geschichte ist so alt wie die Welt.
Vergiß meinen Part, denn du wirst mich führen,
und die andere soll gehen, sich nie wieder rühren.

Weil ich es wünsche, wird der Vorhang geschlossen
und die Akteure werden still.
Dich hab ich in meinen Gedanken eingeschlossen
und die andere, ach ja, das sind die Verflossenen.

Wer wagt es

Wer spricht noch von Liebe in diesem Gewühle;
im großen Chaos der tausend Gefühle?
Wer wagt es, als erster etwas zu sagen,
was wirklich ist und gilt an allen Tagen?

Ist sie es, die die Angst vor sich selber pflegt,
ist er es, der sich durch die Zeiten quält?
Und was geschieht, wenn er tagelang schweigt;
und sie sich versteckt und gar nicht zeigt?

Wer spricht noch von Liebe nach so langer Zeit;
gerade und obwohl das Ende nicht mehr weit?
Wer wagt es, die Mauer noch rechtzeitig zu zerstören
und traut sich, die Worte des anderen zu hören?

Die gestohlenen Stunden

Die gestohlenen Stunden, sagst du,
stiehlst du dir.
Das stimmt nicht so ganz,
denn du stiehlst sie mir.

Du kannst dich doch selber
gar nicht bestehlen,
oder sind es andere Stunden,
die für dich anders zählen?

Ich stehle keine Stunden,
ich schenke sie dir,
denn ich denke ganz anders
und schenk sie auch mir.

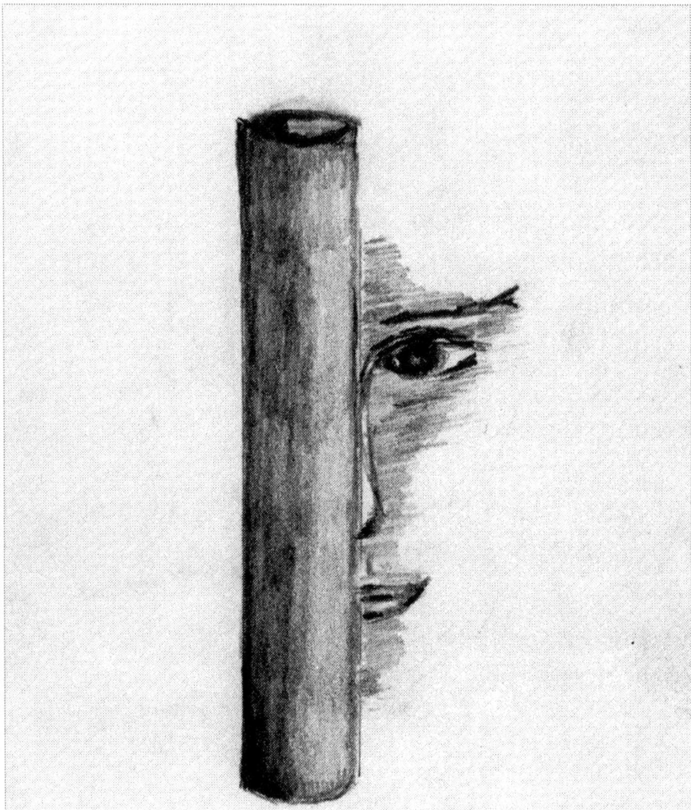

Deinetwegen - Meinetwegen

Irgendwann hast du mich zum Leben erweckt,
mich angelächelt und freundlich geneckt,
hast versucht, mit mir einen Weg zu gehen
und deinetwegen ist so manches geschehen.

Meinetwegen hast du das auf dich genommen,
hast dafür ganz viele Hürden erklommen,
hast in deinen Gefühlen niemals gewankt.
Hab ich mich jemals für deine Liebe bedankt?

Gestaltung und Druckvorbereitung:
Christian R. Kast

Cratos GmbH, Verlag
München
www.cratos.de

Schrift:
Geramond

Gedruckt bei BOD
www.bod.de